Gregor Schürer

Ein helles Licht
im dunklen Kerker

Geschichten für die Martinszeit

Ich danke von Herzen meiner lieben Frau Regina und unseren beiden wunderbaren Töchtern, Selina und Marisa, ohne die dieses Buch nicht entstanden wäre.

Impressum

© 2014 Gregor Schürer

Lektorat: Jan Achtmann, J8m.de

Umschlagfoto: Statue von Sankt Martin in der Katholischen Pfarrkirche St. Martin in Kirchsahr

Herstellung und Verlag: BoD – Books on Demand, Norderstedt

ISBN 978-3-7357-8469-8

Vorwort

Aus meiner eigenen Kindheit kannte ich zwar die Tradition, am 11. November mit Lampions durch die Straßen zu ziehen. Was genau dahinter steckt, welch große Bedeutung dieser Brauch für viele Menschen hat, habe ich aber erst erfahren, als ich ins Rheinland gezogen bin.

Wer mit (seinen) Kindern einmal mit selbstgebastelten Laternen und begleitet von einer Kapelle hinter Sankt Martin, hoch zu Ross, durch die Gassen seines Heimatortes gezogen ist, bis zum Schulhof, wo ein riesiges Feuer brennt, wo die Sage um die Mantelteilung aufgeführt wird, wo es anschließend die leckeren Wecken und Kakao für die Kleinen und Glühwein für die Großen gibt, der weiß, was ich meine.

Da habe auch ich begonnen, mich für das Leben des Martin von Tours zu interessieren. Und angefangen, jedes Jahr eine Martinsgeschichte zu schreiben. Dabei war mein Anliegen, von der Historie um diesen heiligen Mann einen Bezug zur Gegenwart herzustellen und zu verdeutlichen, was uns Sankt Martin heute zu sagen hat.

Ich habe die Texte chronologisch geordnet, die älteste Geschichte zuerst, das Buch endet mit meiner aktuellen Erzählung von 2014.

Viel Freude bei der Lektüre. Lassen Sie mich wissen, wie Ihnen die Texte gefallen haben, wenn Sie mögen. Ich freue mich immer über Post von meinen Leserinnen und Lesern.

Inhaltsverzeichnis

Lucky

Martin W. war etwas gerädert an diesem kalten, grauen Novembertag. Es war eine unruhige Nacht gewesen, der vierjährige Jonas hatte aus dem Kindergarten einen Magen-Darm-Virus mitgebracht und sich im Schlaf im Bett zweimal erbrochen. Am Frühstückstisch bat ihn seine Tochter Sarah, die sich im Gymnasium durch die 6. Klasse kämpfte, um einen Tipp für ihre Mathe-Aufgabe. Als sie seine prompte Hilfe mit einem dicken „Danke-Papa-Kuss" belohnte, war die Müdigkeit wie verflogen. „Ich muss los, die Arbeit wartet." Zum Abschied umarmte ihn seine Frau an der Haustür. Sie fröstelte ein wenig in ihrem Bademantel, als sie ihm hinterher winkte. Es sollte das letzte Mal sein, dass sie ihren Mann lebend sah.

Er stieg in sein Auto und startete den Motor. Brav sprang der Wagen an, er drehte das Radio auf. Fast automatisch fuhr er die Strecke, durch die engen Gassen des Heimatortes, über den Bahnübergang, dann links die Hauptstraße bis zur Autobahnauffahrt. Es war noch dunkel an diesem frühen Dienstagmorgen, aber wenig los, der Verkehr auf der A 61 floss ruhig.

Kühl war es, er drehte die Heizung eine Stufe höher. Der Moderator von SWR 1 fragte die Hörer nach ihren Rezepten für die Martinsgans. Danach sang Kylie Minogue „I should be so lucky" und er summte mit, als er sah, wie nur wenige hundert Meter voraus ein grüner Golf ins Schleudern kam. Vermutlich hatte sich bei dieser feuchten Witterung und durch den eisigen Wind Glatteis auf der Brücke gebildet. Der fremde Wagen schlingerte hin und her, geriet außer Kontrolle und krachte gegen die Leitplanke. Nachdem er sich um die eigene Achse gedreht hatte, blieb er schließlich demoliert stehen, entgegen der Fahrtrichtung. Instinktiv trat Martin auf die Bremse, erst voll, und dann, als sein Ford zu rutschen anfing, kühlen Kopf bewahrend, stotternd. Der Focus Kombi blieb in der Spur und kam rechtzeitig zum Stehen. Er atmete tief durch, während seine Knie noch zitterten. Glück gehabt, gerade noch mal gut gegangen. Kein Laut war zu hören, fast unwirkliche Stille legte sich über die Szenerie. Er lenkte seinen Wagen auf die Standspur, stellte die Warnblinkanlage an, öffnete die Tür und stieg rasch aus. Er ging an den Kofferraum, holte das Warndreieck heraus, lief ein Stück zurück, die Schritte im Kopf zählend. Er stellte das Warnzeichen auf und rannte schnell zurück in Richtung Unfallstelle, alles eher mechanisch als mit Überlegung. Der Golf stand auf der rechten Fahrbahn, Schnauze nach vorn, grüngelbe Kühlflüssigkeit tropfte aus dem Motorraum. Außer einem Wimmern vernahm er kein Geräusch. Bisher war kein anderes Fahrzeug vorbeigekommen.

Die Windschutzscheibe war von unzähligen Rissen durchzogen, er konnte nicht in den Innenraum sehen. Er lief zur Fahrertür und blickte hinein. Eine junge Frau saß hinter dem Steuer, eingeklemmt, aus einer Kopfwunde sickerte Blut. „Hilfe, bitte helfen Sie mir." Es war mehr ein Flüstern, aber er hatte jedes Wort verstanden. Während er die Tür öffnete, bemerkte er, wie sich ein weiteres Auto näherte.

Der Fahrer kurbelte die Scheibe herunter. „Kann ich was tun?" – „Haben Sie ein Handy dabei?" – „Ja!" – „Dann rufen Sie bitte einen Krankenwagen und die Polizei, Verkehrsunfall mit einer Verletzten." Der andere Wagen fuhr ein Stück weiter und stellte sich rechts ran, offensichtlich telefonierte der Fahrer wie besprochen.

Martin beugte sich derweil über die flach atmende Frau und versuchte den Gurt zu lösen – vergeblich. Hastig umrundete er das Fahrzeug, riss die Beifahrertür auf und krabbelte hinein. Er nestelte am Gurtschloss herum, endlose Sekunden vergingen. Laut hupend kam ein Auto auf die Unfallstelle zu, bremste kurz ab, fuhr dann weiter. „Meine Beine, meine Beine tun so weh", sehr deutlich kamen die Worte aus dem Mund der Verletzten. „Ich hole Sie hier raus, bleiben Sie ganz ruhig", antwortete er.

Endlich löste sich der Gurt. Er lief noch einmal um den Golf, fasste die Arme der Frau – wie ging dieser Rettungsgriff noch? – und begann, sie aus dem Wagen zu hieven. Zunächst ging es, doch dann schrie sie vor Schmerzen auf. Ihre Füße hatten sich unter den Pedalen verklemmt. Vorsichtig zog er weiter, Stück für Stück. Ihren Oberkörper hatte er schon aus dem Wrack geborgen, als er einen Luftzug spürte. „Komisch", dachte er, als er den Kopf drehte und den schweren Lastwagen dröhnend auf sich zurasen sah, „ich habe gar nichts gehört." Den dumpfen Aufprall, als der 30-Tonner alles zermalmte, was sich ihm in den Weg gestellt hatte, spürte er nicht mehr.

Ein Weckmann namens Robert

Es ist ein grauer Novembertag und ich bin morgens mit der Bahn unterwegs zur Arbeit. Während der Zug dahinrattert, lese ich wie immer die Zeitung, bin aber mit meinen Gedanken nicht so recht bei der Sache. Am Bahnhof in Bonn nehme ich die Stufen im Laufschritt, oben angekommen wende ich mich in Richtung Fußgängerzone, als mein Blick an einem Bettler hängenbleibt, der an der Ecke auf dem Boden sitzt.

Er hockt mit gekreuzten Beinen, ein Pappschild „DANKE" vor sich, daneben ein Hut mit ein paar Münzen drin, im Mund eine offensichtlich kalte Pfeife. Einer plötzlichen Eingebung folgend gehe ich zu ihm hinüber, beuge mich herab und frage den Mann: „Haben Sie schon etwas gegessen?" Verständnislos schüttelt er den Kopf.

„Kommen Sie", sage ich, fasse energisch unter seine Arme und ziehe ihn hoch, „kommen Sie." Das einzige Lokal in der Nähe, das um diese Zeit schon geöffnet hat, ist eher für seine Hamburger bekannt.

Ich bestelle für meinen Begleiter ein kom-
plettes Frühstücksmenü, bestehend aus
Eiern mit Speck, einer Art Kartoffelpuf-
fer, einem Croissant und einem Getränk –
zu meiner Überraschung wählt mein Gast
Tee. Ich selbst nehme einen Kaffee.

Mit großem Appetit verspeist mein Gegenüber seine Mahlzeit, ich sehe ihn mir
dabei genauer an. Er könnte etwa in meinem Alter sein – ich bin Mitte vierzig –,
durch die struppigen Haare und den
Stoppelbart sieht er allerdings älter aus.
Einige Falten im Gesicht sitzen besonders
tief, aber seine dunklen Augen sind wach.
Ich frage ihn nach seinem Namen. „Robert." Wir kommen ins Gespräch und
Robert erzählt mir über sein Schicksal,
während er sich zurücklehnt und genüss-
lich seine Pfeife ansteckt. Vor einigen Jahren ist er arbeitslos geworden, hat nichts
mehr in seinem erlernten Beruf gefunden.
Aus Verzweiflung, zu hohe Raten aufs
Haus, zu groß der Druck, hat er zur Fla-
sche gegriffen. Irgendwann hat es seine
Frau nicht mehr ausgehalten, ist gegangen
und hat die beiden Kinder mitgenommen.
Das hat ihm den Rest gegeben. Nur noch
getrunken, bis zur Besinnungslosigkeit,
keinen Halt mehr gefunden, Strandgut der

Gesellschaft, angeschwemmt als Obdach-
loser.

Ich schaue auf die Uhr, muss los. Wir
verlassen das Lokal. Draußen, an „seiner"
Ecke, verabschiede ich mich von ihm.
Etwas zögerlich streckt er mir seine Hand
entgegen. Ich ergreife sie und lächle ihn
an, werfe ihm ein „Mach's gut, Robert" zu
und weg bin ich. Im Büro komme ich mit
reichlich Verspätung an.
    „Verschlafen?", fragen die Kollegen.
„Nein, nein, ich musste noch was erledi-
gen."

Als ich abends zu Hause eintreffe, warten
die Kinder schon, es geht zum Martinszug. Nach vielen frohen Liedern kriegt am
Ende jeder einen Martinsweck, auch die
Großen. Im flackernden Feuerschein be-
trachte ich meinen Weckmann. Er schaut
mich aus Rosinenaugen an und trägt eine
Pfeife im Mundwinkel.
    Ich werde ihn Robert nennen.

Ein helles Licht im dunklen Kerker

Es war im Jahre 334 nach Christus, da war Martin als Gardeoffizier in Amiens, das liegt im heutigen Frankreich, stationiert. Er war Soldat und gerade mal 18 Jahre alt. Am Stadttor traf er einen Mann. Der war ganz nackt oder er hatte nur ein paar Lumpen an, jedenfalls fror er jämmerlich. Martin, der außer seinen Waffen nur einen Militärmantel bei sich trug, teilte das Kleidungsstück und gab die eine Hälfte dem zitternden Mann. Manche Historiker streiten darüber, ob er dabei auf einem Pferd saß oder zu Fuß unterwegs war. Aber das ist für die ganze Sache völlig egal. Denn das eigentlich Spannende kommt erst jetzt, die Geschichte geht ja noch weiter.

Als Martin mit seinem ausgefransten Mantel im Lager ankam, hänselten ihn die anderen Soldaten: „Wie siehst du denn aus?" Das allein wäre noch nicht so schlimm gewesen. Viel schlimmer war, dass sein Vorgesetzter ihn auch so sah.

„Was ist denn mit deinem Mantel passiert?", fragte der Hauptmann. Martin berichtete wahrheitsgemäß, dass er Mitleid mit dem Bettler gehabt und ihm einen Teil des Mantels gegeben hatte. Daraufhin wurde er wegen „mutwilliger Beschädigung von Militäreigentum" zu einer Arreststrafe verurteilt. Drei Tage Haft bekam er, weil der Mantel gar nicht ihm gehörte, er hatte ihn von der Armee nur ausgeliehen bekommen. Da saß er nun also im Gefängnis, unser Martin. Und den zersäbelten Mantel hatten sie ihm wahrscheinlich auch weggenommen. In dem Verlies war es kalt. Er fror, genau wie der Mann, dem er geholfen hatte. Er fragte sich, ob er einen Fehler gemacht hatte. Vielleicht hätte er einfach auf die andere Seite schauen und an dem zitternden Mann vorbeigehen sollen?

Doch als er eingeschlafen war, träumte er von Jesus, der hatte seinen zerteilten Mantel an. Als er wieder aufwachte, wusste er, dass er das Richtige getan hatte. Und immer, wenn ihm kalt war und wenn die Dunkelheit in dem Verlies ihm zu schaffen machte, stellte er sich Wärme und Licht vor. Nun gab es damals noch keine Zentralheizung, die man einfach aufdreht, und kein elektrisches Licht, das man einfach einschaltet. Und eine Taschenlampe mit Batterie, die ihr Kinder im Dunkeln schon mal anknipst, war auch noch lange nicht erfunden. Es gab nur eines, was wärmte und Licht gab, das war Feuer. Martin stellte sich also eine Fackel vor, die in seiner Zelle loderte. Jetzt schien es ihm hell und gemütlicher. So gelang es ihm, die Zeit im dunklen Kerker zu überstehen.

Viel kann ihm die Gefängnisstrafe nicht ausgemacht haben. Denn Martin, der sich später taufen ließ, ein Kloster gründete und sogar Bischof wurde, ist am Ende 81 Jahre alt geworden. Das war damals sehr selten, denn die Menschen starben oft schon mit dreißig oder vierzig. Und weil er so ein toller Bursche war, wurde er später noch heiliggesprochen. Das heißt auf lateinisch „sanctus", deswegen sagt man Sankt Martin zu ihm. Und wenn heute die Kinder mit Laternen und Fackeln im Martinszug gehen, ist das eine kleine Erinnerung an eine seiner dunkelsten Stunden im Kerker. Und eine Hoffnung für all die vielen Menschen, die auch heute noch, 1.668 Jahre später, irgendwo auf dieser Welt unschuldig im Gefängnis sitzen.

Wie Segel-Joe den
Mantel teilte

Joseph war ein einigermaßen unglückliches Kind. Mit seinen gerade einmal acht Jahren war er zwar der Älteste in der Klasse, aber auch der Kleinste. Einen halben Kopf kürzer als die anderen Jungs und einen ganzen Kopf kleiner als der lange und freche Sven. Selbst die meisten Mädchen waren gleich groß wie er, so ein Mist. Außerdem hatte Joseph abstehende Ohren. In der 2 a sagten sie deshalb „Segel-Joe" zu ihm, eine Erfindung von Sven natürlich. Nur mit seinen Sommersprossen war Joseph einverstanden – und er hatte eine Menge davon. „Ein Gesicht ohne Sommersprossen ist wie ein Himmel ohne Sterne", hatte seine Mama einmal gesagt und seitdem war Joseph sogar ein wenig stolz darauf.

Er traf sich mit seiner Klasse am Marktplatz zum Martinszug. Es war dunkel und von Osten blies ein kalter Wind. Sie hatten die Fackeln in den letzten Wochen selbst gebastelt. Als Motiv hatte Frau Bredewell – die Sven hinter ihrem Rücken nur „Frau Redeschnell" nannte – ein Löwengesicht vorgeschlagen. Die Laternen waren echte Schmuckstücke geworden und stolz lief Joseph mit seinen Schulkameraden los. Unterwegs sangen sie alle Martinslieder, die sie kannten. Als sie damit fertig waren, fingen sie einfach wieder von vorne an.

Dann erreichten sie den Schulhof, wo für jede Klasse am Martinsfeuer ein Platz eingeteilt war. Es dauerte etwas, bis alle Kinder versammelt waren. Während der Wartezeit kniff Sven Joseph in den Arm. „Na, Segel-Joe, bist du nicht weggeflogen bei diesem Wind, mitsamt deiner Laterne?" Alle lachten. Joseph senkte den Blick.

Gottseidank kam dann Sankt Martin angeritten, hoch zu Ross, und alle Kinder wurden still. Er trug einen Helm auf dem Kopf und hatte einen roten Umhang um die Schultern gelegt. Es störte niemanden, dass er eine dicke Hornbrille auf der Nase hatte. Ohne hätte Herr Kunzmann von der Stadtsparkasse, der dieses Jahr den Martin spielte, keine zwei Meter weit sehen können. Joseph drängelte sich durch die Menge, bis er ganz vorne stand, hier konnte er alles gut verfolgen. Am Feuer wärmte sich ein älterer, zerzaust aussehender Mann. Fast hätte Joseph den Bettler gar nicht erkannt, es war Herr Kallduwei, der Hausmeister. Sankt Martin zog die Zügel an, sein Pferd stoppte und mit einem eleganten Schwung stieg er aus dem Sattel. „Ich friere", jammerte der Bettler. Sankt Martin trat näher. „Du da", mit seinem Schwert zeigte er auf eine Gruppe von Kindern, „komm mal her!" – „Wer, ich …?", stammelte Joseph, denn der heilige Mann hatte genau auf ihn gezeigt.

„Ja, du, komm her, ich brauche deine Hilfe." Joseph ging auf Sankt Martin zu. Der löste seinen Mantel und streckte ihn dem Jungen entgegen. „Hier, halt mal fest." Joseph ergriff den schweren, samtenen Stoff. Sankt Martin fasste den Mantel an der anderen Seite, dann nahm er das Schwert und teilte den Umhang in zwei Stücke. Das heißt, er tat nur so, denn in Wirklichkeit war da ein riesig langer Reißverschluss eingenäht. Zipp, zapp, daran gezogen, schon hatte Sankt Marlin zwei Teile Mantel, den einen gab er dem frierenden Bettler. „Wie heißt du denn?", fragte Martin den Jungen. „Joseph", antwortete der. „Soso, da trägst du den Namen eines anderen heiligen Mannes. Danke schön, Joseph, dass du mir geholfen hast." Die Zuschauer applaudierten und stolz ging Joseph an seinen Platz zurück.

Fast konnte man meinen, er segelte auf den Wogen des Beifalls zurück zu seiner Klasse. Aber dazu braucht man eben kein großes Mundwerk, sondern bloß die richtigen Ohren.

Ein fliegender Edelstein

Es war ein kühler, aber sonniger Tag im Oktober und Martin von Tours war zu Fuß unterwegs. Er war schon ein gutes Stück gegangen, als er an einen See kam und sich dort am Ufer niedersetzte, um zu rasten. Es war ein wunderschöner kleiner Teich, auf dem Seerosen blühten. Martin war ganz vertieft in den Anblick der herrlichen Blumen, als er ein Geräusch hörte.

Da fiel sein Blick auf einen Vogel, der in einem nahe gelegenen Busch saß. Beinahe hätte er ihn zwischen den dunklen Zweigen gar nicht gesehen, denn das etwa 15 Zentimeter große Tier war schmutzig grau und verbarg sich gut im Geäst. In diesem Moment flog er davon. Martin schaute ihm interessiert nach. Mit spielerischer Leichtigkeit hob er sich in die Lüfte, denn bei einer Flügelspannweite von fast 25 Zentimetern wog er nur 40 Gramm. Auf einem riesigen Baum in der Nähe ließ sich der kleine gefiederte Freund nieder und verharrte regungslos. Martin wollte den Blick schon fast wieder von ihm wenden, als sich der Vogel plötzlich, aus einer Höhe von bestimmt acht Metern, ins Wasser stürzte. Tief tauchte er in den See ein, eine

Nickhaut zog sich über seine Augen, damit er auch unter Wasser sehen konnte. Mit seinem vier Zentimeter langen, spitzen Schnabel spießte er die kleine Forelle in der Flanke auf. Zurück an der Wasseroberfläche flog er mit seiner noch zappelnden Beute ans Ufer und verschluckte den ganzen Fisch, mit dem Kopf voran. Dann setzte er sich wieder in den Busch in Martins Nähe.

Martin sprach ihn an. Wundert euch nicht, Martin war ja ein Heiliger und die können auch mit Tieren sprechen, manche jedenfalls.

„Sag mal, was bist du denn für einer?" Sogleich kam der Vogel herbei und zwitscherte aufgeregt, denn er war es nicht gewohnt, dass ihn jemand beachtete. Meist wurde er wegen seiner grauen Färbung gar nicht gesehen, galt wegen des schmutzig-dunklen Gefieders sogar als hässlich. Und seine Flugkünste, seine Fähigkeiten im Stoßtauchen, die ihn hätten interessant machen können, kannten die Menschen eben nicht.

Weil Sankt Martin sich über den braven Vogel, der nicht verschreckt davongeflogen, sondern gleich zu ihm gekommen war, freute, beschloss er, ihn zu belohnen.

Er konnte ja Wunder vollbringen und deshalb wollte er auch an dem Vögelchen ein solches tun.

Nun hat der Martin, das wisst ihr ja alle, mit den Mänteln zu tun. So auch in diesem Fall. „Ich will dir einen azurblauen Mantel geben mit einem purpurroten Kragen", sprach er. Und sogleich verwandelte sich der mausgraue Vogel in eines der schönsten Exemplare. Und weil dem Martin sein Werk so ungemein gut gefiel, setzte er noch einen drauf: „Weil du noch keinen Namen hast, sollst du fortan den meinen tragen." Seitdem heißt der wunderschöne Vogel mit dem leuchtend blauen Gefieder und dem roten Hälschen „Martinsfischer". Manche sagen, er sähe aus wie ein fliegender Edelstein.

Früher war er zahlreich in der Natur anzutreffen, aber jetzt muss man lange suchen, wenn man ihn mal sehen möchte. Vielleicht macht ihr beim nächsten Spaziergang am Wasser die Augen ganz weit auf, dann kann es sein, dass euch ein Martinsfischer, den man heute auch „Eisvogel" nennt, vor die Nase fliegt.

Wie damals dem Sankt Martin.

Lass stecken, Maddin

HEUTE RIESEN MARTINSMARKT steht auf dem Transparent. „Aha, hier bin ich richtig", denkt Martin und will durch die offenstehenden Tore in den Innenhof reiten. „Du komms hier net rein" – Martin hätte die Worte des Türstehers fast überhört, doch der mit einer Fliegerjacke gekleidete Mann stellt sich breitbeinig vor ihn hin. „Weshalb willst du mich nicht einlassen?", fragt Martin höflich. „Was 'n das für 'n krasses Outfit, ist doch keine Kostümparty hier. Und dann noch auf em Pferd, die Kerle werden immer verrückter." – „Ich muss aber hier durch", sagt Martin freundlich und legt eine Hand auf sein Schwert, um seinem Ansinnen Nachdruck zu verleihen. „Okay, Alder, aber nimm den Pinsel ab." – „Welchen Pinsel?" – „Na, den roten Quast da auf dem Helm, nimm ihn ab." Martin tut, wie ihm geheißen, und der osmanisch aussehende Mann lässt ihn durch.

Einige Meter weiter hat sich eine Menschentraube um einen Bettler gebildet, der am Boden sitzt. Martin steigt vom Pferd und nähert sich. Der Mann sitzt auf einer

Decke, vor sich ein Schild. „Bin arbeitslos, Hartz IV Opfer, bitte helfen Sie mir", steht darauf.

Einer der Umstehenden fährt den Bettler an: „Gehen Sie arbeiten, dann haben Sie Geld", schüttelt den Kopf und läuft davon. „Nur die Ausländer sind schuld", sagt ein Zweiter, „die nehmen uns die Arbeitsplätze weg." – „Jetzt hör auf, Erwin, lass uns lieber rüber zum Italiener, was essen gehen", mäßigt ihn seine Frau und zieht ihn am Jackenärmel weiter.

„Warum hilft denn keiner dem armen Mann", fragt Martin. Die Köpfe drehen sich wie auf Kommando herum. „Gibt *mir* einer was?" ist die erste Reaktion. „Warum soll ich dem was geben, ich bin doch nicht blöd", die zweite. „Vielleicht weil du genug hast, um etwas abzugeben. Oder weil Geben seliger denn Nehmen ist", wirft Martin ein. Verständnislos schaut ihn die Menge an. „Tickst du noch richtig? Geiz ist geil!", schnaubt ein muskulöser Mann mit Basecap. „Nein, was soll denn an Geiz schön sein", fragt Martin zurück. „Schöner ist es doch, seinem Bruder die Hand zur Hilfe zu reichen." – „Bist du krank, schwing deinen Hintern wieder auf deinen

Gaul und verteile Wecken an die Kinder, dafür bist du bestellt. Und lass mich in Ruhe mit dem Gequatsche über Nächstenliebe. An erster Stelle liebe ich mich und dann kommt meine Freundin, capito? Komm, Schnitte" – er wendet sich einer solariumgebräunten Blondine zu – „lass den schrägen Typen hier weiter labern, wir trinken einen Glühwein."

„Womit kann ich Ihnen denn helfen?" Martin beugt sich zu dem Mann am Boden hinab. „Der will doch bloß Geld haben, um sich was zu saufen zu kaufen", weiß einer der Umstehenden. Martin wendet sich ihm zu und sagt: „Was immer ihr einem Geringsten getan habt, das habt ihr mir getan, spricht der Herr." Der Andere murmelt etwas von Zeugen Jehovas und läuft weg. Martin nimmt seinen Mantel von den Schultern und will das Schwert zücken, um ihn zu teilen. „Lass stecken, Maddin", kommt es plötzlich aus dem Mund des Bettlers, der als Einziger bisher gar nichts gesprochen hat, und es folgt ein heiseres Lachen. „Ich brauch keinen halben Mantel, du siehst ja, ich hab einen prima Schlafsack. Aber ein bisschen Geld könnte ich gut vertragen." Martin holt seinen Lederbeutel heraus und kramt darin. Er steckt dem Bettler zwei Münzen zu. Dann nimmt er sein Pferd am Zügel und geht weiter.

Zurück bleiben der Bettler und einige Zaungäste. Im fahlen Abendlicht betrachtet der Bettler, was Martin ihm in die Hand gegeben hat. „Euros sind das jedenfalls nicht", sagt einer, „die sehen wie alte Sammlermünzen aus." Der Bettler führt eine Münze zum Mund und beißt mit seinen schwarzen Zähnen hinein. „Gold, die ist aus Gold ...", stammelt er entgeistert.

„Cool", sagen zwei Jugendliche wie aus einem Mund. Sie laufen um die Ecke, um den edlen Spender um ein Autogramm zu bitten. Doch Martin ist verschwunden.

© *Gregor Schürer 2005*

Paul und Paula

Marty, denk bitte dran, einen Laternen-stab mitzubringen, du kommst doch auf dem Weg ins Büro am Kaufhof vorbei. Am Wochenende ist der Umzug und wir brauchen noch eine Beleuchtung für die Fackel, die Paul im Kindergarten gebastelt hat." Seine Frau nannte ihn Marty, sie fand Martin zu spießig. Hatte aber bei ihrem gemeinsamen Sohn auf dem Na-men Paul bestanden. Versteh einer die Frauen.

Er nickte und machte sich auf den Weg zur Arbeit, zu Fuß zum Bahnhof, wie je-den Tag. Der Novemberwind wehte kühl und er zog den Reißverschluss seiner Outdoor-Jacke fröstelnd ganz nach oben. In der Bahn fand er einen freien Platz und holte die Tageszeitung aus der Aktenta-sche. Auf dem Titelbild las er: „Gibt es eine Unterschicht?" In dem Leitartikel ging es darum, dass der Sozialminister gesagt hatte, man solle den ärmeren Teil der Bevölkerung nicht so nennen, das sei ausgrenzend. Aha, dachte er bei sich und seine Zornesader schwoll, erst tut die Poli-tik alles, damit die Menschen am unteren

Rand der Gesellschaft noch weiter abrutschen und dann spreizt sie sich, wenn man die Dinge beim Namen nennt. Ein Glück, dass er als alleinverdienender Familienvater zur Mittelschicht gehörte, noch jedenfalls. Ärgerlich blätterte er um auf die Sportseite und widmete sich dem nächsten Bundesligaspieltag, der am Wochenende anstand.

Im Betrieb lief alles normal. Ein Kollege hatte sich krankgemeldet, weil er von den anderen gemobbt wurde – oder sich so fühlte. Einer war „richtig" krank. Zweiundfünfzig E-Mails auf dem Server, vier Besprechungen anberaumt, drei Terminsachen, die unbedingt heute erledigt werden mussten. Ein ganz normaler Tag eben. Besser als gestern jedenfalls, denn da hatte die Belegschaft die Hiobsbotschaft erhalten, dass weiter Personal abgebaut werden müsse. Bei gleichbleibenden oder sogar zunehmenden Aufgaben, versteht sich. Das hatte die Organisationsprüfung eines renommierten Beratungsunternehmens ergeben. Man verzichte zwar freundlicherweise auf betriebsbedingte Kündigungen, besetze aber durch „natürlichen Abgang" freiwerdende Stellen nicht nach. Martin wusste, dass ein Mitarbeiter seiner Abteilung in vier Monaten in Rente ging, ein anderer hatte sich bei einem Konkurrenzunternehmen beworben. Also war klar, an Arbeit würde es nicht mangeln in der nächsten Zeit. Heutzutage musste man froh sein, überhaupt eine Anstellung zu haben, so die übereinstimmende Meinung der Kollegen beim Mittagessen in der Kantine. Schulterzucken überall, was sollte man machen, man ergab sich in sein Schicksal.

Solche Gedanken gingen ihm noch durch den Kopf, als er schon auf dem Nachhauseweg war. Beinahe hätte er darüber die Besorgung vergessen. Doch als er die grüne Leuchtreklame des Kaufhauses in der Abenddämmerung sah, fiel es ihm rechtzeitig wieder ein: der Laternenstab! Er betrat das Geschäft, im Eingang blies ihm wohlig warme Luft entgegen. Zum Martinsfest hatte man im Erdgeschoss eine Sonderverkaufsfläche aufgebaut, wo es allerlei gab, vom Gänsebräter über Plastikhelme, Kunststoffschwerter und sonstigen Schickschnack bis hin zu Lampions und Lichterketten. Er griff nach einem Laternenstab und ging rasch zur Kasse. Dort standen sieben Leute vor ihm, er schaute nervös auf die Uhr, in Sorge, seinen Zug zu verpassen. Es ging erstaunlich schnell, bis die Frau vor ihm an die Reihe kam. „Was kostet der?" – Sie hatte den kleinsten Laternenstab in der Hand.

„Moment", erwiderte die Verkäuferin unwirsch und zog den Artikel über den Scanner, „zwei Euro fünfundneunzig."

Die junge Frau – Marty sah sie jetzt genauer an, sie war vielleicht Ende zwanzig – beugte sich herunter zu dem Kind, das neben ihr wartete.

„Paula, das ist zu teuer. So viel Geld haben wir nicht übrig." – „Aber Mama", antwortete die Kleine, sie mochte vier, höchstens fünf Jahre alt sein, „wenn wir wieder eine Kerze nehmen, verbrennt meine Fackel, so wie letztes Jahr." Sie begann zu weinen. „Geht es jetzt weiter da vorne?", rief jemand vom Ende der Warteschlange. „Nehmen Sie den Stab nun oder nicht?", raunzte die Kassiererin.

Die Frau schüttelte den Kopf und trat vom Tresen zurück. Sie legte den Stab wieder ins Regal und ging mit dem Mädchen an der Hand davon. Marty bezahlte schnell, ließ das Wechselgeld liegen und lief den beiden nach. Kurz vor dem Ausgang erreichte er sie und tippte der Frau auf die Schulter. „Entschuldigung…"

Sie drehte sich um und sah ihn erschrocken an. „Was wollen Sie?" Ja, was wollte er eigentlich. Er war einem Impuls gefolgt, ohne näher darüber nachzudenken. „Ich, ich ...", stammelte er, „ich wollte Paula den Laternenstab schenken." Mit diesen Worten hielt er ihr die Tüte hin, das Kind griff zögerlich zu. „Sie kennen mich doch gar nicht", entgegnete die Frau. „Dann erzählen Sie mir etwas von sich. Am besten bei einem Glas Glühwein." Er zog sie nach draußen, keinen Widerspruch duldend. An dem kleinen Stand um die Ecke kaufte er zwei Becher Glühwein und einen Kinderpunsch. „Wie heißen Sie? Den Namen ihrer Tochter kenne ich ja schon. Keine Sorge, ich bin sonst keiner, der einfach so Frauen anspricht, aber die Sache mit dem Laternenstab hat mir so leidgetan." Sie lächelte scheu zurück und begann zu erzählen. „Ich bin Britta ..."

Eine Stunde später saß er im Zug, noch etwas benommen vom Alkohol. Er hatte Brittas Glas zur Hälfte leertrinken müssen, sie vertrug nicht so viel. Kein Wunder – als alleinerziehende Mutter, die sich und Paula mit zwei 400-Euro-Jobs über Wasser hielt, kam Britta nicht oft in den Genuss solch gastronomischer Erzeugnisse.

Als er die Tasche öffnete, um sein Handy herauszuholen, fiel ihm erneut die Zeitung in die Hand. Er legte sie auf den Sitz neben sich, um erst einmal zu Hause anzurufen, da blieb sein Blick auf der Schlagzeile hängen, über die er sich morgens schon aufgeregt hatte. „Zur Unterschicht zu gehören, ja, das ist diskriminierend", murmelte er, während er seine Frau anrief.

„Hallo Schatz, ich habe mich etwas verspätet. Warum, das erzähl ich dir, wenn ich daheim bin, okay? Den Laternenstab für Paul? Nein, den hab ich noch nicht besorgt. Mache ich morgen, versprochen."

© Gregor Schürer 2006

Die blöde Gans

Als ich den Schlüssel in die Eingangstür stecke, höre ich schon das Gebrüll. „Du blöde Gans, lass mich in Ruhe!" Das ist mein Jüngster, der sich mal wieder mit seiner großen Schwester streitet. Ich ziehe die Jacke aus, hänge sie an die Garderobe und rufe mein „Papa ist da" in den Flur.

Üblicherweise löst das unter den Sprösslingen den Wettbewerb „Wer fliegt zuerst in Vaters Arme" aus, heute jedoch nicht. So kommt meine Liebste in den Genuss der ersten Umarmung. „Wie war dein Tag?", frage ich. „Gut, bis auf die üblichen Kabbeleien der Kinder." – Warum ist eigentlich noch niemand auf die Idee gekommen, alle Eltern streitsüchtiger Kinder für den Friedensnobelpreis vorzuschlagen? Die schützen auch das Klima, und zwar das häusliche. Ich mache mich also auf zur Friedensmission in das Kinderzimmer. Dort sitzt Martin, unser Fünfjähriger, am Boden in einem Trümmerfeld von Legosteinen. „Was ist denn passiert?", frage ich beiläufig und streiche dem Blondschopf über sein zerzaustes Haar.

„Ich habe so ein tolles Parkhaus für meine Autos gebaut. Als ich beim Kinderturnen war, hat Madita daraus eine Villa für ihre doofen Barbies gemacht. Sie hat das Dach abgenommen und überall ihre Puppen reingesetzt, die blöde Gans!"

Ich seufze, lasse mich zu dem tief verletzten Baumeister nieder und erkläre: „Also, das hat Madita bestimmt nicht böse gemeint. Außerdem sagt man nicht ‚blöde Gans‘, das ist eine Beleidigung. Für deine Schwester und übrigens auch für die Gänse. Gänse sind nämlich gar nicht blöd."

„Nein?" – „Nein. Gänse gelten sogar als schlau. Das hat übrigens auch der Sankt Martin lernen müssen." Mit dieser Anmerkung erwecke ich die Neugier unseres Sohnes. Vor seiner Geburt hatten wir nach einem passenden Namen gesucht. Da wir alle Namen haben, die mit „Ma" beginnen – meine Frau auf Marita und Mama, unsere Tochter auf Madita und ich selbst auf Maternus – sollte der Stammhalter keine Ausnahme bilden. So landeten wir schließlich bei Martin.

Seit ich dem Sohnemann das gesagt habe, interessieren ihn alle Geschichten um den heiligen Mann besonders. „Erzähl", fordert er mich auf.

„Martin von Tours, das weißt du ja, war 25 Jahre lang Soldat. Nach seiner Entlassung beim Militär lebte er lange als Einsiedler auf einer Insel vor Genua. Später hat er dann in Ligugé in Frankreich das erste Kloster des Abendlandes gegründet. Als Nothelfer und Wundertäter wurde er schnell in der ganzen Gegend bekannt und so beschlossen die Einwohner von Tours, ihn zu ihrem Bischof zu ernennen. Das wollte Martin aber gar nicht, er fühlte sich dafür nicht würdig genug, viel lieber wäre er ein einfacher Mönch geblieben.

Deshalb floh er, um dem ganzen Trubel zu entgehen, und versteckte sich in einem Stall. Die Gläubigen strömten aus, um Martin zu suchen. In dem Stall hatte ein Bauer seine Gänse untergebracht. Martin flüsterte den Gänsen zu: „Seid leise, damit sie mich nicht entdecken." Doch die schlauen Gänse fanden auch, dass ein Mann, der mit Tieren sprechen kann, Bischof werden sollte. Sie schnatterten aufgeregt und machten einen derartigen Lärm, dass Martin gefunden wurde. Da musste er wohl oder übel das Amt annehmen und das war auch richtig so, denn er hat anschließend fast ein Vierteljahrhundert als Bischof viel Gutes getan. Allerdings konnte auch er nicht verhindern, dass man die Gänse seitdem am Martinstag verspeist."

„Okay", willigt Martin ein, „ich sag's nicht mehr."

Später, beim Abendessen, sitzen wir friedlich da und schmieren Brote, als Martin seine Schwester im süßesten Ton bittet: „Gibst du mir mal die Wurst rüber, du schlaue Gans?" Madita schaut erstaunt, Mama Marita lässt verblüfft das Messer fallen und ich sehe mir meinen grinsenden Filius an und denke: Den ersten Schritt zum Sanctus hat er heute getan.

Das dumme Schaf

Lange hatte Christina überlegt, welche Geschichte sie den Kindern zu Sankt Martin vorlesen sollte. Sie machte das eigentlich jedes Jahr im November im Unterricht, immer in der Woche, in der abends auch die Umzüge stattfanden. Im Sommer hatte sie die Kinder eines ersten Schuljahres übernommen. Doch dieses Mal fand sie irgendwie nicht den passenden Text für die Erstklässler. Also entschloss sie sich, die Mädchen und Jungen einfach zu fragen, was sie schon vom Sankt Martin wussten. Das würde sicher auch eine schöne Schulstunde geben, die mit einem gemeinsamen Martinslied enden sollte.

Natürlich wussten die Kinder viel von dem heiligen Mann, schließlich waren sie schon im Kindergarten mit selbstgebastelten Laternen im Martinszug mitgelaufen. „Warum hat denn der Martin seinen Mantel mit dem Bettler geteilt?", fragte sie in die Klasse, um zu ergründen, wie viel die Kinder von den Motiven des Sankt Martin wussten. Die kleine Anna meldete sich als Erste: „Wegen der Warmherzigkeit", antwortete sie, „das hat mir meine Mama erklärt, dass der ein ganz warmherziger Mann war. Und weil er so ein warmes Herz hatte, musste er auch nicht frieren, da konnte er gut die Hälfte von seinem Mantel abgeben", schob sie die Begründung gleich hinterher. „Genau", rief der vorlaute Jan, „deshalb steht auch in der Bibel ‚Seid warmherzig, so wie euer Vater warmherzig ist'. Das hat meine große Schwester im Kommunionsunterricht gelernt. Der Lukas hat das gesagt."

„Echt? Der Lukas aus der 3 b?", wollte der kleine Kevin wissen. „Nee", antwortete Jan gewohnt altklug, „nicht DER Lukas. Der Lukas, den ich meine, war ein Evangelischer und hat die ganze Geschichte von Jesus aufgeschrieben."

„Das heißt Evangelist, Jan", die Grundschullehrerin unterdrückte ein Lachen.

„Und was wisst ihr noch vom Martin?" Manche wussten, dass Martin von Tours Kranke geheilt hatte. „Die Sache mit den Gänsen", rief Fiona in die Klasse, „die haben den Martin durch ihr Schnattern verraten, als er sich in ihrem Stall verstecken wollte." Manchmal schnattert ihr auch wie die Federviecher, dachte Christina. Liebevoll blickte sie in die Runde und sagte: „Es gibt aber noch ein Tier, über das Sankt Martin gesprochen hat. Wer weiß, welches?"

Ratlose Gesichter reihum.

„Ein Schaf", löste sie das Rätsel. „Ein Schaf, ein dummes Schaf, haha", grölte Tim, den alle nur Timmy nannten, weil er einen Kopf kleiner als die übrigen Jungs war und weil er so frech über seine runde Brille schauen konnte. „Ja, mag sein, dass es klügere Tiere gibt, aber so ein Schaf steht für etwas, was ein bisschen aus der Mode gekommen ist, für Demut." – „Was ist das denn, Demut?", will Laura wissen. „Hat jemand eine Idee?", gibt die Lehrerin die Frage zurück. Zögernd meldet sich Luis, der immer ein wenig ängstlich ist. „Vielleicht, wenn man keinen Mut hat …?"

„Gute Idee, Luis, aber Demut heißt etwas Anderes. Es bedeutet so was wie Ergebenheit. Am besten erkläre ich es mit dem Gegenteil von Demut, das kennt ihr bestimmt: Hochmut, Überheblichkeit." – „Was hat denn der Martin zu dem Schaf gesagt?", will Mia wissen. „Zu dem Schaf gar nichts, aber *über* das Schaf. Er sagte: ‚Dieses Tier hat die Vorschriften des Evangeliums erfüllt. Zwei Kleider hat das

Schaf; eines schenkt es dem, der keines hat. So sollt auch ihr handeln.'"

„Aber ein Schaf hat doch gar keine Kleider", protestiert Finn. „Aber ein Fell", weiß Emma. „Fast", korrigiert die Lehrerin, „es hat Wolle. Und wenn die lang und dick genug gewachsen ist, wird es geschoren. Das Schaf gibt also seine Wolle für diejenigen her, die keine haben. Es friert dann zwar ein bisschen, aber das erträgt es. Ist ja auch nicht so schlimm, weil die Wolle bald wieder nachwächst." – „Dann ist so ein Schaf also gar nicht dumm", meint Alina. „Nein, ist es nicht, und nützlich dazu", beendet Christina das Thema.

„Nun lasst uns zum Schluss noch ein Lied singen, das ihr alle kennt: ‚Sankt Martin ritt durch Schnee und Wind.'" Begeistert stimmen alle Kinder mit ein. Als der letzte Ton verklungen ist, meldet sich noch einmal der kleine Timmy. „Können wir nicht noch eine Strophe für das Schaf singen, das gar nicht dumm ist? Bitte!"

Einen Moment überlegt die Lehrerin. Dann sagt sie: „Gut, ich habe mir rasch einen Vers überlegt. Passt auf, er geht so:

Sankt Martin, Sankt Martin,
Sankt Martin sah ein treues Schaf.
Er sagte: Schaut, das Tier ist brav.
Es trägt der warmen Kleider zwei,
und eins verschenkt es frank und frei!

Jetzt alle mitsingen – zwo, drei …"

Mußestunde mit Mireille

Natürlich hatte ich es wieder mal nicht geschafft, pünktlich aus der Firma zu kommen. Kurz vor Feierabend hatte sich telefonisch noch ein Kunde gemeldet, der bedient werden wollte. An der Haltestelle wartete ich ungeduldig auf meinen Bus, der fünf Minuten verspätet eintraf. Der Fahrer schaute mürrisch, als ich einstieg und meine Monatskarte vorzeigte. Mühsam quälte sich der Bus durch den stockenden Verkehr, es kam, wie ich befürchtet hatte: Als wir endlich am Bahnhof eintrafen, war mein Zug gerade weg. Da die Regionalbahn abends nur im Stundentakt fährt, musste ich 55 Minuten warten, bis der nächste Anschluss kam. Ich fluchte leise vor mich hin und überlegte, wie ich meine Zwangspause möglichst sinnvoll nutzen könnte.

Das Stehcafé war mir zu ungemütlich, außerdem hatte ich für heute schon genug Koffein intus. Also beschloss ich, nebenan in das große Kaufhaus zu gehen. Ich lief ziellos durch das Erdgeschoss und steuerte dann die Rolltreppe an, die mich sanft ruckelnd nach oben transportierte. Im ersten Stock lagen zu Türmen aufgestapelte Bücher. Ich schaute mir die Bestseller an. „Warum werden eigentlich so viele Kochbücher verkauft und trotzdem kann keiner mehr richtig kochen?", fragte ich mich. Um die Ecke war die Abteilung mit den CDs, dort konnte ich mir die Zeit weiter mit Stöbern vertreiben. Während ich las, wer in den Top Ten stand – ich kannte nur eine einzige der genannten Gruppen – ertönte eine Lautsprecherdurchsage: „Hören Sie nun aus unserer CD der Woche ‚Schlager aus den Siebzigern' den Titel ‚Martin' von Mireille Mathieu." Unwillkürlich lauschte ich nach dem Text:

Straßburg lag im Sonnenschein
und ich sah nur ihn allein, Martin …
Weißt du, wie verliebt wir sind,
sagte er im Sommerwind, Martin …

Dabei rollte die kleine Französin das „r" in „Martin", so dass es wie *Marrrrrrrrtin* klang. Ich musste schmunzeln und Kindheitserinnerungen schossen mir durch den Kopf. Wie ich als kleiner Junge frisch gebadet samstagsabends vor dem Fernseher saß, während im Flimmerkasten, noch in schwarz-weiß, Peter Frankenfeld den

„Spatz von Paris" ansagte, eine kleine, dunkelhaarige Sängerin mit merkwürdiger Frisur, die „Martin" schmetterte und offensichtlich kein Wort von dem verstand, was sie da sang.

Langsam verließ ich das Ladenlokal, obwohl es noch zu früh war, um zur Bahn zu gehen. Draußen war es mittlerweile dunkel, aber ein heller Mond erleuchtete den nächtlichen Himmel. In der Fußgängerzone machte ich noch einen Schaufensterbummel, als auf einmal aus einer Nebenstraße Musik ertönte. Das waren jugendliche Stimmen, die da lauthals sangen. Dann bog eine große Schar von Kindern um die Ecke, in den Händen bunte Laternen. Wieder lauschte ich:

Sankt Martin, Sankt Martin,
Sankt Martin ritt bei Schnee und Wind,
sein Ross, das trug ihn fort geschwind …

Doch im Gegensatz zu Mireille Mathieu sangen die kleinen Sänger den Martin gänzlich ohne „r", es hörte sich wie *Sankt Maatin, Sahankt Maaatin* an. Ich blieb stehen und schaute mir die verschiedenen Fackeln an, meine vorhin noch schlechte Laune war plötzlich verflogen. Viele verschiedene Motive gab es da zu sehen, Tiere, Sonne, Mond und Sterne, Geister, Kürbisse. Am Ende des Zuges ritt tatsächlich ein als Sankt Martin verkleideter Mann im roten Mantel. Ein Blick zu Uhr zeigte mir, dass es nun Zeit war, zum Bahnsteig zu gehen. Während ich loslief, kam wie von selbst ein Liedchen auf meine Lippen:

Martin ritt im Abendschein
Und ich sah nur ihn allein, Martin …

Einmal probierte ich es mit rollendem R, einmal ganz ohne. Aus den Augenwinkeln sah ich, wie andere Passanten staunend stehenblieben oder kopfschüttelnd weiterliefen, ich ließ mich nicht stören und huldigte dem heiligen Mann mit meinem ganz eigenen Lied. Zu Hause angekommen, fragte mich meine Frau: „Na, wieder eine Überstunde für den Chef?"

„Nein", entgegnete ich. „Eine Mußestunde für die Seele."

Justin und Rahim

Justin freute sich schon unbändig auf Sankt Martin. Er liebte den abendlichen Umzug, wenn es draußen schon ganz dunkel war. Die Fackelträger gingen immer vor dem Zug und die lodernden Flammen der Pechfackeln warfen zuckende Schatten an die Wände der Häusergassen, das war fast ein wenig gruselig, aber auch schön. Dahinter liefen die Kinder ja in Gruppen, da war man sicher. Und wenn man singt – so wie man es auch tut, wenn man alleine in den Keller gehen muss – verfliegt die Angst sowieso. Und gesungen wurde im Martinszug, dafür sorgten die Erzieherinnen, die in den Wochen zuvor kräftig mit den Kindern geübt hatten, bis sie die Texte konnten und die Töne trafen. Meistens jedenfalls.

Auf dem Schulhof gab es zur Belohnung immer einen Weckmann mit Rosinen drin, der nach dem langen Marsch durch die Straßen des Dorfes besonders gut schmeckte. Manchmal, wenn es an Sankt Martin sehr kalt war, spendierte Papa ihm noch einen heißen Kakao dazu, den die Damen von der Seniorengymnastik extra kochten und verkauften. So ganz uneigennützig war das freilich nicht, denn Papa holte dann für sich selbst gleich einen Glühwein mit.

Justin wurde bald sechs und es war sein letztes Martinsfest im Kindergarten, nächstes Jahr sollte er in die Schule kommen. Deshalb hatte er sich als Motiv für seine Martinslaterne für ein Haus mit Fenstern entschieden, das wie das Schulhaus aussehen sollte. Er saß jetzt also im Kindergarten und bastelte an seiner Fackel. „Mist, jetzt ist mein Klebestift leer", schimpfte Justin. „Kannst meinen nehmen", sagte Rahim, der neben ihm saß. Rahim war fünf Jahre alt und im Februar in den Kindergarten gekommen. Rahim konnte ziemlich gut Deutsch sprechen, obwohl er Türke war. „Kümmeltürke", sagte Justins Opa Theo manchmal, seine Eltern sagten sowas nicht. Justin wusste auch gar nicht, was das bedeutete. Er hatte in den Ferien in Bayern schon Brot mit Kümmel gegessen, das war ganz lecker. Auch Brötchen mit Kümmel drauf gab es da, zu denen sagten die Leute in Bayern, die manchmal ein komischeres Deutsch sprachen als Rahim, Semmeln. Kümmelsemmeln, ein lustiges Wort.

Rahim bastelte auch an seiner Laterne. Für ihn war es das erste Mal, dass er mit zum Martinszug ging. Er verstand noch nicht so genau, worum es dabei ging, aber das war ihm egal. Während also alle Kinder mit Feuereifer an ihren Fackeln arbeiteten, erzählte die Erzieherin, Frau Vogel, etwas über den Sankt Martin. „Leider haben wir keinen Jungen in der Gruppe, der Martin heißt", sagte sie. „Aber wir haben einen … Rahim!" Erschrocken hob der Fünfjährige den Kopf und wurde ganz rot, als ob er was ausgefressen hätte. Frau Vogel lächelte ihn an und fuhr fort: „Rahim heißt nämlich auf Deutsch ‚der Barmherzige' und das passt haargenau zu unserem Heiligen." Denn, so erklärte sie den Kindern, die es noch nicht wussten, der Martin hat aus Barmherzigkeit seinen Mantel mit einem Bettler geteilt.

„Unser Sankt Martin schneidet seinen Mantel aber nicht mit dem Schwert durch", verriet Justin Rahim flüsternd ein Geheimnis, „da sind Druckknöpfe im Umhang eingenäht." – „Wirklich?", fragte Rahim nach. „Ja, aber das Schwert ist echt", nickte Justin. „Ich hab zum Spielen ein Holzschwert", sagte Rahim. „Ich auch!", antwortete Justin begeistert,

„Komm doch vor dem Martinsumzug mit zu mir nach Hause, dann fechten und kämpfen wir wie die römischen Soldaten, zu denen der Martin gehörte, bevor er heilig wurde."

„Mein Großvater Erol sagt aber, ich soll nicht zu den Ungläubigen gehen, die essen Schweinefleisch und das dürfen wir nicht", wandte Rahim ein. „Unsere Opas sind manchmal ganz schön komisch, was Rahim", lachte Justin. „Du kannst ihn beruhigen. Zu Sankt Martin gibt es bei uns eine Gans. Also, kommst du?" – „Klar!"

„Wir müssen noch Lieder üben", rief Frau Vogel. „Wer hat einen Vorschlag?" Justin meldete sich: „Bitte ‚Martin war ein frommer Mann', das ist mein Lieblingslied." – „Gut", stimmte die Gruppenleiterin zu, „alle zusammen, zwei, drei …"

Und aus vielen Kehlen tönte es:

Martin, Martin, Martin war ein frommer Mann,
zündet viele Lichter an,
dass er oben sehen kann,
was er unten hat getan.

Die Geduld, die Tafel und die Eurokrise

Am 10. November sitzen wir abends zusammen am Küchentisch. Wir, das sind meine Frau, unsere neunjährige Tochter, unser fünfzehnjähriger Sohn und ich. Wie üblich wird während des Abendbrots besprochen, was jeder von uns tagsüber erlebt hat, in der Schule, in der Freizeit, bei der Arbeit. Da die Kinder keine Lust haben anzufangen, beginnt meine bessere Hälfte mit ihrer Erzählung über den täglichen Bürowahnsinn. Wenn der PC mal wieder nicht laufen und man am liebsten alles hinschmeißen will, um etwas Sinnvolleres zu tun, als ratlos vor dem Bildschirm zu sitzen und der Sanduhr zuzuschauen. Ich werfe ein, dass uns das Leben von Sankt Martin dazu etwas lehrt – und schaue in die drei fragenden Gesichter meiner Familie. Martin, so meine Erklärung, wurde schon mit 15 Jahren zum Militärdienst eingezogen. Nachdem ihm „die Sache mit dem Bettler" passiert war, wollte er nicht mehr Soldat des römischen Kaisers sein, sondern dem lieben Gott dienen, deshalb bat er um seine Entlassung aus der Armee. Aber diese Bitte wurde ihm verweigert, er musste geduldig sein und Ausdauer beweisen. Erst nach Ableistung seiner 25-jährigen Dienstzeit wurde er – im Alter von dann schon 40 Jahren – aus dem Heer entlassen.

„Hm", äußert meine Frau.

Unsere Jüngste berichtet daraufhin, dass sie nach dem Unterricht die selbstgebastelte Laterne für den morgigen Umzug mit nach Hause bekommen habe. Und dass die Lehrerin während der Religionsstunde darüber geklagt hätte, dass es heutzutage jemanden wie den heiligen Martin nicht mehr gebe, weil jeder nur an sich selbst denken würde. „Martin hat als Bischof lieber in den Holzhütten vor der Stadt Tours gelebt, um unter der Landbevölkerung als Nothelfer zu wirken", entgegne ich. „Doch auch im Hier und Jetzt gibt es Menschen, die Ähnliches tun. Denk zum Beispiel mal an die ehrenamtlichen Helfer, die sich bei der Tafel engagieren, so wie Herr Krause von gegenüber. Er ist von Beruf Buchhalter, führt ein normales Leben, so wie wir. Und ist sich nicht zu schade, beim Verteilen der Lebensmittel, die man sonst wegwerfen würde, mit den Ärmsten der Armen in Kontakt zu treten. Vielleicht hat ihn ja Sankt Martin dazu inspiriert, mit Menschen in Berührung zu kommen, die am Rande der Gesellschaft stehen." – „Hm", antwortet das Kind.

Nun ist unser Sohn dran. „Wir haben über die Eurokrise gesprochen. Diese Welt wächst immer dichter zusammen, dadurch werden die Probleme der anderen Staaten zu unseren Problemen, die griechischen Schulden zu unseren, verfluchte Globalisierung. Was kann dein Martin uns denn dazu sagen?", fragt der Teenager und schaut mich dabei herausfordernd an.

Ich überlege einen Moment. „Martin wurde in Pannonien, dem heutigen Ungarn, geboren. Er ist in Pavia, das liegt in Oberitalien, aufgewachsen. Zum Militär kam er in Mailand. Eingesetzt war er in Gallien, dem heutigen Frankreich, dann in Worms, also in Deutschland. Später hat er als Einsiedler auf einer Insel bei Genua, also wieder in Italien gelebt, danach gründete er ein Koster in Frankreich, reiste als Bischof unter anderem nach Trier. Heute würde man so einen wie ihn einen „Global Player" nennen, wobei „Global Prayer" eigentlich besser passen würde." Ich freue mich über das gelungene Wortspiel und fahre fort: „Martin hat gezeigt, dass man über alle Grenzen und Länder hinweg Gutes tun kann. Wenn du weißt, dass er der Schutzpatron Frankreichs und der Slowakei ist, der Landespatron des Burgenlandes, das liegt in Österreich, und der Patron der Stadt Mainz sowie des Mainzer Doms, der Schutzheilige der Reisenden und der Armen und Bettler sowie der Reiter, der Flüchtlinge, Gefangenen, Abstinenzler und der Soldaten, dann erkennst du, dass es in ganz Europa und darüber hinaus globale Werte gibt, die zählen. Und die haben nichts mit Geld oder Währungen zu tun." – „Hm", brummt der große Junge.

Am nächsten Tag fragt die Jüngste, wer sie beim Laternenzug begleiten möchte. Alle wollen mit.

„Hm", konstatiere ich.

Während wir gemeinsam in Richtung Martinsfeuer marschieren, intoniert die begleitende Kapelle das erste Lied, „Sankt Martin ritt durch Schnee und Wind". Besonders aufmerksam lausche ich bei den beiden letzten Strophen:

Sankt Martin, Sankt Martin,
Sankt Martin sporne du uns an,
dass jeder Liebe geben kann!
Bring Licht in unsre dunkle Welt,
dass es der Menschen Herz erhellt!

Sankt Martin, Sankt Martin,
Sankt Martin mach uns hilfsbereit
und lass uns teilen unsre Zeit
und mach uns immer mehr bereit,
die Not zu sehen weit und breit.

„Hm", denke ich, „irgendwie hört sich der kindliche Gesang unserer Tochter, die glockenhelle Stimme meiner Liebsten und das stimmbruchgestörte Organ unseres Sohnes heute besonders inbrünstig an."
    Aber ich kann mich auch täuschen.

© Gregor Schürer 2011

Michaela und der Bettler mit dem Benz

Michaela ist noch ganz aufgeregt, es sprudelt förmlich aus ihr heraus: „Stell dir mal vor, Gregor, was mir eben beim Einkaufen passiert ist. Das muss ich dir erzählen." Ich habe Zeit – oder nehme sie mir, setze mich an den Küchentisch der befreundeten Winzerfrau und sage: „Schieß los." – „Ich war eben noch in der Stadt, ein paar Sachen besorgen. Meine letzte Station war ein Baumarkt. Vor den Eingang hatte sich ein Mann auf den Boden hingesetzt, gleich neben die Einkaufswagen. Er hatte ein Pappschild vor sich aufgestellt."

Ich ahne schon, wie die Geschichte weitergeht, und frage, um meiner aufgewühlten Bekannten etwas Zeit zum Luftholen zu geben: „Was stand denn drauf?"

„,Ich komme aus Ungarn, habe keine Arbeit und kein Geld, bitte eine Spende für meine Frau und unsere Kinder.' So oder so ähnlich, jedenfalls in bestem Deutsch, fein säuberlich von Hand geschrieben, ohne Rechtschreibfehler."

„Aha", sage ich, um etwas zu sagen.

„Du kennst mich, Gregor", ihre Stimme wird noch eine Nuance lauter, „ich habe früher bei einer Behörde gearbeitet und weiß, dass in Deutschland niemand hungern muss. Deshalb gebe ich Bettlern eigentlich nichts. Weil ich aber so einen guten Tag hatte, weil heute alles so toll geklappt hat, habe ich eine Ausnahme gemacht und dem Mann auf dem Rückweg zum Auto einen Euro in das Körbchen geworfen." Sie schweigt und ich denke schon, sie wird jetzt etwas ruhiger, da fährt sie aufgebracht fort: „Und jetzt kommt der Knaller! Kaum bin ich bei meinem Wagen angekommen und räume die eingekauften Sachen in den Kofferraum, tippt mir ein älterer Herr auf die Schulter. Er macht mich darauf aufmerksam, dass er den Bettler kenne. Der habe es gar nicht nötig, nach Almosen zu fragen, denn er sei vermögend, fahre sogar eine Mercedes."

So etwas hatte ich mir schon gedacht, nun will ich aber die ganze Geschichte hören. „Und weiter?", frage ich Michaela.

„Ich war natürlich verdutzt und auch ein wenig sauer, dass ich darauf hereingefallen bin. Doch ich wollte mir nicht die gute Laune und das gute Gefühl nehmen lassen und hielt dem älteren Herrn entgegen, dass sich der Bettler immerhin auf den Boden gesetzt, also ganz kleingemacht und ein Stück weit gedemütigt habe. Nein, antwortete er kategorisch, das reiche nicht, Betrüger sei Betrüger, da müsse ich einfach misstrauischer sein, solchen Leuten dürfe man nichts geben. Mit dieser Belehrung ließ er mich zurück." – „Bist du jetzt wütend auf den Bettler mit dem Benz oder echauffierst du dich darüber, dass du dich dafür rechtfertigen musstest, jemandem etwas zu geben?", will ich wissen. „Ich hab mich geärgert, dass ich dafür, dass ich großzügig bin, auch noch Rechenschaft ablegen und mich belehren lassen muss. Schreib da mal was drüber!"

Dann kommen wir glücklicherweise auf etwas belanglosere Themen und ich vergesse den Vorfall.

Jedenfalls fast, bis er mir jetzt wieder einfällt, pünktlich zum Martinstag. Und ich überlege, wie das wohl Martin von Tours gegangen wäre, wenn er einem Betrüger aufgesessen wäre. Vielleicht war der arme, wenig oder unbekleidete Mann, der ihm am Stadttor von Amiens begegnete, gar kein Bettler. Vielleicht hatte er es nur auf den Militärmantel von Martin abgesehen?

Der war damals bestimmt von herausragender Qualität, so etwas hatten nur die römischen Soldaten. Auch wenn die Wahrscheinlichkeit nicht so groß ist, möglich wäre das ja. Und wenn es so wäre, wäre Martin dann kein Held, keine Legende, die wir heute noch verehren? Wäre er bloß ein einfältiger Soldat, der einem Gauner aufgesessen ist?

Nein, wäre er nicht, er bliebe der heilige Mann, den die Kinder alljährlich mit ihren Umzügen feiern. Denn es kommt nicht auf die Motive des Beschenkten an, sondern auf die des Schenkenden. Martin hat aus Erbarmen den Mantel geteilt, er half aus Nächstenliebe. Es muss nicht immer eine heroische Tat sein, es reicht auch eine kleine Geste, ein kleiner Dienst oder – wie bei Michaela – eine kleine Münze. Warum? Weil die Mehrzahl der Bedürftigen tatsächlich bedürftig ist und nur eine Minderheit aus Schwindlern besteht. Und wenn man einem Solchen auf den Leim geht und den wirklich Armen deshalb nichts mehr gibt, straft man die Falschen. Weil man teilen soll, wenn man teilen kann. Und weil es einfach ein gutes Gefühl ist, etwas Gutes zu tun – sprichwörtlich ausgedrückt: „Geben ist seliger denn Nehmen."

Und auch wenn man dafür gemaßregelt wird, ist man in bester Gesellschaft. Denn als der heilige Martin mit dem durchtrennten, abgerissenen Mantel in die Kaserne zurückkehrte, musste er sich nicht nur den Spott seiner Kameraden anhören. Er wurde außerdem noch zu einer strengen Strafe verurteilt. Da ist es doch deutlich leichter zu ertragen, von einem im Grunde freundlichen, älteren Herrn zu größerer Vorsicht angehalten zu werden.

Finde ich – und findet mittlerweile bestimmt auch Michaela.

Die freistehende Waschschüssel

In der Woche vor dem Martinstag sitze ich mit meiner Familie gemeinsam zum Abendbrot in der Küche. Wie üblich erzählen die Kinder, was sie in der Schule erlebt haben. Und meine Frau und ich berichten, welche mehr oder weniger spannenden Erlebnisse der Arbeitsalltag für uns brachte. Das ist ein tägliches Ritual, das wir alle lieben und brauchen. Ergebnis: Ärger über Lehrer und Mitschüler hielten sich in Grenzen, die Kollegen verdienten ihren Namen und waren kollegial, der Chef war entweder nicht da oder zufrieden – alle hatten eigentlich einen ganz guten Tag ohne besondere Vorkommnisse, es herrscht eine friedliche und gelöste Stimmung am Tisch.

Wir löffeln in andächtiger Stille eine köstliche Kürbissuppe, die meine Liebste in Minutenschnelle gezaubert hat. Da schießt unsere Jüngste, noch elf Jahre alt, plötzlich eine ihrer berüchtigten Fragen in den Raum: „Du, Papi, hatte der Sankt Martin eigentlich auch eine freistehende Badewanne?"

„Hä?" – Mehr als diese wenig intelligente Antwort fällt mir spontan nicht ein. Immerhin schaffe ich noch zu ergänzen: „Wie kommst du denn darauf?"

„Wir haben uns heute in Religion mit dem heiligen Martin beschäftigt. Und der war doch auch ein Bischof. Und da hat sich doch gerade ein anderer Bischof so eine teure Wanne in sein Badezimmer einbauen lassen. Hat der Sankt Martin so was auch gemacht?"

Au weia, die Wellen, die der Prunk-Bischof von Limburg geschlagen hat, sind auch am Strand der Ahr angekommen. Wir haben uns in diesem Kreise zwar schon öfters über Martin von Tours unterhalten, aber dieser Aspekt hat dabei bisher noch keine Rolle gespielt. Deshalb muss ich einen Moment überlegen, ehe ich antworte: „Du weißt ja, dass Martin erst seinen 25-jährigen Militärdienst ableisten musste und schon 40 Jahre alt war, als er endlich aus dem Heer entlassen wurde. Er ging dann nach Poitiers, das ist eine Stadt in Frankreich, um Schüler des dortigen Bischofs Hilarius und schließlich zum Priester geweiht zu werden. Dann zog er sich als Einsiedler auf die Insel Gallinaria an der italienischen Riviera zurück. Später errichtete er in Frankreich das erste Kloster des Abendlandes. In all den Jahren wurde er als Nothelfer und Wundertäter bekannt. Als ein neuer Bischof für Tours gesucht wurde, erkoren ihn die Menschen zu ihrem Wunschkandidaten. Die Bevölkerung setzte sich gegen großen Widerstand durch und so wurde Martin am 4. Juli 372 zum Bischof von Tours geweiht. Er selbst wollte das gar nicht, einer Sage nach hat er sich sogar in einem Gänsestall versteckt, um nicht gewählt zu werden. Als er dann aber Bischof war – da muss er 55 oder 56 Jahre alt gewesen sein – widmete er sich seiner Aufgabe mit großem Ernst und Nachdruck. Er brauchte dafür allerdings keinen feudalen Bischofssitz. Hatte er vor seiner Zeit als Bischof in den Holzhütten vor der Stadtmauer gewohnt, ‚residierte‘ er nun in einer Klosterzelle.“

„Und warum war er so bescheiden?“, kommt die berechtigte Frage. „Er fand es eben wichtig und richtig, in Bescheidenheit und Demut zu leben.“

„Und was ist eigentlich Demut?“, will das Kind noch wissen.

„Das weiß ich“, schaltet sich unsere Große, Oberstufenschülerin und schon kon-

firmiert, ein: „Der Ausdruck Demut
kommt von althochdeutsch ‚diomuoti‘,
„dienstwillig“, und wurde von Martin Lu-
ther zur Übersetzung des lateinischen
Humilitas benutzt. Es bedeutet in etwa,
man will Dienender sein.“

Ich staune mal wieder, was meine große
Tochter so alles weiß und ergänze: „Noch
etwas steckt in dem Wort Demut drin,
nämlich Mut. Und den braucht man, um
der Versuchung, vieles oder gar alles haben zu wollen, zu widerstehen. Und statt-
dessen zu erklären: Das reicht, das genügt
mir, ich brauche nicht noch mehr. Gerade
bei mächtigen Menschen erlebt man das
eher selten.“
  Wir haben unsere Suppe inzwischen
ausgelöffelt und schmieren Brote.

„Hat denn nun der demütige Martin eine
freistehende Badewanne gehabt oder
nicht?“, kommt das Kind gewohnt hartnä-
ckig auf seine Ausgangsfrage zurück.
  „Das ist ja alles schon ziemlich lange
her, Süße. Da gab es noch keine Bäder, so
wie man sie heute hat. Man hatte in seinem Schlafzimmer meist auf einem Bei-
stelltisch oder einer Kommode einen großen Krug mit Wasser stehen. Das goss

man in eine Schüssel, wenn man sich morgens oder abends wusch." – „Hm. Also hatte Sankt Martin eine freistehende Waschschüssel", schlussfolgert sie.

Genau, so muss es wohl gewesen sein.

Kein Revolverheld

Ein warmer Sonntag im Juni, ich möchte gerne nachmittags mit meiner Frau und unseren beiden Söhnen einen Spaziergang machen. Schon lange will ich das Sahrbachtal durchwandern, doch Kinder im Alter von neun Jahren haben häufig andere Ideen, was die Freizeitgestaltung angeht. „Ich will ins Monte Mare!", nölt Simeon, der Ältere. Wohlgemerkt, der nur zwei Minuten Ältere, aber er war nun mal der Erstgeborene unserer Zwillinge und meldet sich auch stets zuerst zu Wort. „Ich will ins Trampolino!", beeilt sich sein jüngerer Bruder Matteo nachzuschieben.

Bevor ich auch nur Luft holen kann, antwortet ihre Mutter kategorisch: „Ins Hallenbad im Sommer, ausgeschlossen. Und in den Schweißfußtempel", so nennt sie die Indoor-Spielplätze wegen der in Socken oder gar barfuß auf zweifelhaften Teppichböden herumturnenden Kinder despektierlich, „kriegen mich keine zehn Pferde." – Es gibt viele gute Gründe, warum ich diese Frau liebe, aber ihre Art, das Herz auf der Zunge zu tragen, ist einer der wichtigsten davon. Augenblicklich verstummen die Kinder. Als ich den beiden dann noch zuflüstere, dass sie bei der Wanderung etwas zu Gesicht bekommen werden, was sie noch nie gesehen haben – was, das bleibt noch geheim – ergeben sie sich in ihr Schicksal.

Die Tour durch das wunderbar stille Seitental der Ahr, wo die Zeit manchmal stehen zu bleiben scheint, verläuft ohne besondere Zwischenfälle. Sieht man einmal davon ab, dass mich Simeon, er ist nicht nur der Ältere, sondern auch der Neugierigere, gefühlte tausend Mal fragt: „Was ist das denn für ein Geheimnis?"

Zum Ausgleich will der eher stille Matteo wissen: „Ist es jetzt noch weit?" – allerdings nur gefühlte hundert Mal.

Wir erreichen schließlich Kirchsahr, steigen hinauf zur Kirche Sankt Martin und setzen uns auf die Bank davor, um erst einmal Brotzeit zu machen. Meine Frau hat selbstgemachte Frikadellen eingepackt, dazu gibt es Apfelschorle für die durstigen Kinder und Radler für die noch durstigeren Erwachsenen, da hat sich das Rucksackpacken und Rucksackschleppen mal wieder gelohnt. Während wir essen und trinken, rufe ich mit dem Handy die nette Frau Mahlberg an, die ich ein paar Tage zuvor schon kontaktiert hatte. Sie kommt bei Besucheranfragen gerne vorbei, um das sonst nur bei Messen geöffnete Kirchlein aufzuschließen.

Als sie uns die wuchtige Eichentür aufmacht – ich bedanke mich später mit einer kleinen Spende – wird schnell klar, warum die Kirche sonst geschlossen bleibt. Sie birgt einen wahren Kunstschatz. Ein Triptychon der Kölner Malschule aus der Zeit um 1400 würde man in dieser Dorfkirche wahrhaftig nicht vermuten. Der auf Holz gemalte Dreiflügelaltar wurde einst für die Stiftskirche in Bad Münstereifel angefertigt, kam aber in der zweiten Hälfte des 18. Jahrhunderts nach Kirchsahr. Meine kunstinteressierte Frau kriegt den Mund vor Staunen kaum zu, Frau Mahlberg macht dafür den geschlossenen Altar auf und die ganze Pracht entfaltet sich vor unseren Augen.

Damit meine Liebste in Ruhe gucken kann – die Zwillinge finden das Meisterwerk schon nach kurzer Zeit nicht mehr so wahnsinnig interessant –, zeige ich meinen Rabauken wie versprochen das Geheimnis. „Schaut euch mal die Maria an", fordere ich die beiden auf. Die Statue der Muttergottes, stattliche 1,95 Meter hoch, trägt das Jesuskind auf dem Arm. „Fällt euch was auf?" Es dauert ein paar Sekunden, bevor Matteo einen spitzen Schrei ausstößt und leise hervorpresst:

„Das Jesuskind hält einen abgeschnittenen Kopf in der Hand!" – „Krass!", kommentiert sein Bruder. „Das ist ein Türkenkopf", erkläre ich, „das Kunstwerk soll an die Kämpfe der Christen gegen die Osmanen erinnern. Jetzt kommt mal mit rüber auf die andere Seite, da steht ein Freund von euch." Willig folgen mir die Zwei und ich deute mit ausgestrecktem Zeigefinger auf eine Nische, in der ebenfalls eine Statue steht. „Sankt Martin!", kommt es gleichzeitig aus beiden Mündern. Sowohl Simeon als auch Matteo sind Riesenfans des heiligen Mannes, sie kennen seine Geschichte, lieben die Geschichten um ihn und sind jedes Jahr mit Begeisterung dabei, wenn es auf die Martinszüge geht. – „Dann seht euch den Burschen mal genau an, was ist denn das Besondere an dieser Martinsfigur?", will ich wissen. Es dauert ein bisschen, bis wieder der Jüngere, der nicht so viel spricht wie sein Bruder, dafür aber ein scharfer Beobachter ist, antwortet: „Er trägt eine Pistole!". Nun gibt es zwar

Handfeuerwaffen schon lange – ungefähr seit dem 14. oder 15. Jahrhundert. Aber zu Zeiten von Martin von Tours, der tausend Jahre zuvor lebte, waren sie wirklich noch nicht erfunden. Da hat der Künstler der Martinsfigur in Kirchsahr, die 1717 gestiftet wurde, sich also ziemlich vertan. Sankt Martin war zwar ein Held – aber gewiss kein Revolverheld.

Fünf Monate später, ich habe die nicht ganz jugendfreie Aktion längst vergessen, stehen die Vorbereitungen für das Martinsfest auf dem Plan. Es ist der elfte November, wir haben schon zu Abend gegessen und die beiden Jungs nach oben in ihr Zimmer geschickt, um sich anzuziehen.

Es dauert ein wenig, also gehe ich rauf, um zu schauen, ob sie endlich fertig sind.

Die Kinderzimmertür ist nur angelehnt, so bleibe ich im Flur stehen und beobachte erst einmal das Geschehen. Simeon ist auf den Stuhl gestiegen, um an die oberen Fächer seines Kleiderschrankes zu kommen, das ist eigentlich streng verboten. Er hat eine Kiste heruntergeholt und kramt darin. „Was suchst du denn?", will Matteo wissen. „Jetzt warte doch", mahnt der Ältere zur Geduld, „du wirst schon sehen." Schließlich wird er fündig und holt einen Gürtel aus der Kiste, an dem rechts und links zwei Revolver baumeln. Als er beginnt, den Gürtel mit den Pistolen umzuschnallen, fragt der Jüngere: „Wieso ziehst du denn den Cowboygürtel an?"

„Ich will so aussehen wie der Martin von Kirchenahr", antwortet Simeon. Ich schmunzle über den Versprecher. Und während ich noch überlege, was genau er wohl damit meint, hat Matteo längst begriffen. Er legt den Arm um seinen Bruder und setzt sich mit ihm auf die Bettkante.

„Du weißt doch bestimmt noch, was unsere Religionslehrerein gesagt hat: Das Tolle am Sankt Martin ist, dass gerade er, der ja eigentlich Soldat war, gemerkt hat, was seine stärkste Waffe ist. Der Glaube und die Liebe. Nicht das Schwert, das braucht er höchstens, um den Mantel zu teilen. Und auch nicht ein Revolver."

„Du hast recht, Sankt Martin und Schießen, das geht gar nicht", antwortet Simeon. „Ich leg die Sachen wieder in die Karnevalskiste."" Er schnallt das Halfter ab und fragt: „Sag mal, hast du dich damals auch so gefürchtet, als uns der Papa den abgeschnittenen Türkenkopf gezeigt hat?"

Matteo nickt zunächst stumm und sagt: „Ich fand's echt gruselig."

Betroffen trete ich einen Schritt zurück, mir schießt die Schamesröte ins Gesicht. Da haben mir meine Zwei mal wieder den Spiegel vorgehalten.

Ich bin immer stolz auf meine beiden Jungs. Aber heute, am Martinstag, bin ich ganz besonders stolz auf sie. Das sind meine Helden, ganz ohne Revolver.

© Gregor Schürer 2014